KB268911

화단주인의 취향

미래시선 148
화단주인의 취향

지은이 ｜ 정양숙
펴낸이 ｜ 임종대
펴낸곳 ｜ 미래문화사

찍은 날 ｜ 2009년 9월 3일
펴낸 날 ｜ 2009년 9월 8일

등록 번호 ｜ 제3-44호
등록 일자 ｜ 1976년 10월 19일
주소 ｜ 서울시 용산구 효창동 5-421
전화 ｜ 715-4507 / 713-6647
팩시밀리 ｜ 713-4805
E-mail ｜ mirae715@hanmail.net
홈페이지 ｜ www.miraepub.co.kr

ⓒ 2009, 미래문화사
ISBN ｜ 978-89-7299-372-8 03810

화단주인의 취향

정양숙 제3시집

미래시선 148

미래문화사

영혼 가득 그리움 품고
가슴 가득 사랑 안고
앞만 보고 달려왔노라

평화로운 가을볕 길
아름다운 노을 길도 그리 하리라.

차례

꽃 이야기 · 11

기쁨 · 12

겨울 약수터 · 13

오리에게 · 14

달밤 · 15

견우 직녀의 꿈 · 16

오래된 자연 · 17

가을이 오기 전에 · 18

안식의 시간 · 19

빗속에서 사진 찍다 · 20

감사하는 삶 · 22

수호천사 · 24

향기요법 · 26

새벽 마당놀이 · 27

시골 소녀의 서울 사랑 · 28

갈대는 흔들려도 · 30

마음속 깊은 곳 · 31

석양 · 32

빼앗긴 땅 · 33

농부의 딸 · 34

36 · 떠돌이 백구

38 · 가을 저녁

39 · 비가 개이면

40 · 후회

41 · 기도해야 할 시간

42 · 엄마라는 이름

43 · 작은 천사들

44 · 라일락 꽃 아래서

45 · 라벤더

46 · 고향 가는 길

48 · 목마름

49 · 마음의 평안을 꿈꾸며

50 · 폭우나 쏟아졌으면

51 · 위궤양

52 · 감나무 과수원

54 · 치유의 아침

55 · 사진 속 풍경

56 · 내 발걸음 인도하소서

58 · 햇볕 좋은 도시

60 · 두 아이

모기 · 61

다른 사람을 위한 기도 · 62

고맙습니다 · 63

목욕하는 새 · 64

장미 울타리 · 65

봄날 오후 · 66

내 편 · 67

울증의 계절 · 68

과로 · 69

합격의 꿈 · 70

너는 오리라 · 2 · 71

세월 · 72

아름다운 자연의 은혜 · 74

더위 먹다 · 75

편지 · 76

가벼워지기 · 3 · 77

천둥 소리 · 78

촌스런 선물 · 79

떠나야 할 때 · 80

견우 직녀의 꿈 · 2 · 81

82 · 첫눈 오던 날

83 · 겨울 풍경화

84 · 꿈이 이루어지다

85 · 비애

86 · 고추 말리기

87 · 줄서기

88 · 그 사람

89 · 부모님 산소

90 · 두더지 사냥

91 · 소망

92 · 수수께끼

93 · 순전한 사랑

94 · 잎푸른 나무

96 · 붕어도 잉어도 아닌

97 · 귀향

98 · 로즈마리 언덕

99 · 정양숙의 시를 말한다

꽃 이야기

푸서리 토양에서 피지도 못하고
시들어가는 풀꽃이 있었다
그 외로운 꽃은 어느 날 운명처럼
커다란 치마폭에 휩싸여 넓고 기름진 꽃밭에 이르렀다
수천 가지 꽃들이 희희낙락 살고 있는 그 곳은
현실에 존재하는 에덴이었다
꽃밭을 가꾸던 정갈한 옷차림의 화단 주인은
하던 일을 멈추고 '어서 와!' 라며
정오의 햇살처럼 환하게 웃음지었다
그 날부터 낯가림이 심한 시골뜨기 꽃은
화단 한켠에 깊게 심겨졌다
피어나라
시들지 마라
화단 주인은 정성껏 물을 주고 뒤에 서서 그늘이 되어 주었다
꽤 많은 화초들이 삐쭉삐쭉 불평을 늘어놓았다
조금씩 화색 도는 꽃에게 화단 주인이 말했다
'너는 특별한 꽃이야!'
그 꽃은 머리를 조금 숙이고 보일 듯 말 듯 웃었다.

기쁨

덧없는 시간
달력을 또 한 장 뜯어내고
숲 속으로 간다

가파른 고개 넘어 샛길 입구
인적 없는 좁은 길목에서 쉬고 있던 작은 새와
갑자기 눈길 마주치네
우리 서로 놀라 당황하네
파랑 까망 하양 밤색의 털빛 단아한 새 한 마리
둥지 지을 마른 풀잎 몇 가닥 모으느라 힘겨웠나
가지런히 추린 풀잎 작은 부리로 꼭꼭 물고
고개 들어 쳐다보는 천연스러운 애교에 가슴 떨려
자신도 모르게 인사하네

안녕? 예쁜 새야!

쾌청한 날씨, 대기는 달콤하고
시원한 바람결에 푸른 잎사귀들 춤추고
무성하게 우거진 숲의 새들은 기쁘다.

《한국 현대시》 겨울호(2007. 2월호)

겨울 약수터

지난 밤
첫눈은 폭설처럼 사나운 모습으로 왔다
하얗게 얼어붙은 약수터에는
지금 아무도 보이지 않는다
굵고 가는 뼈마디를 낱낱이 드러낸 겨울 나무 사이로
이따금 찬바람이 몰리면
누군가 약수터에 걸어놓은 을씨년스럽도록 큰 거울에
일렁이는 겨울 풍경이 괴기스럽다

죽어버린 것들의 하얀 침묵 속에서
용서할 수 없는 것을 용서하며
아깝게 사라져 가는 것들의 신음소리를 듣고 있다
새소리도 그친 차갑게 텅 빈 숲
추위도 두려움도 잊은 채
수북이 쌓인 눈 위에 투박한 등산화 발자국으로
빙글빙글 해바라기 꽃을 그리기도 하고
언젠가 사정없이 미끄러졌던 비탈길을 바라본다
주위는 한층 어두워지고
눈 덮인 길에 수없이 찍힌 알 수 없는 흔적들
눈물이 날 것 같다

헤어컷트를 좀 해야겠다.　　　　　《농민문학》 2007. 겨울호

오리에게

오리야, 오리야
춥고 어둔 겨울 밤
얼음도 채 녹지 않은 물웅덩이가
뭐 그리 좋다고
꽥꽥대고 난리냐 그 소란이냐
발 시린지도 모르고
노는 데 미쳐 배고픔도 잊었느냐

오리야, 오리야
인간의 온갖 굴레 번거로워
잠시 너를 부러운 눈으로 보았다만
너도 만만치 않아 보인다
언덕에 피고지는 그 이쁜 꽃들은 또 어떻구
지는 모습 너무 미워 한숨까지 나오더라
산다는 건 이래저래
보통 일이 아닌 게야.

《월간문학》 2007. 1월호

달밤

어슴푸레한 보름달빛
수심 머금고
조숙한 백목련이
조락하는 밤

나른한 실버들 고목 너머
검은 소나무 숲
외로운 소쩍새
천년 슬픔에 목 메이네

찬란한 아침해를 잠잠히 기다리는
달빛 나그네.

《농민문학》 2006. 가을호

견우 직녀의 꿈

부스스한 나그네는 붉어진 눈을 부비고
색동 리본을 나풀거리며
이른 새벽
아무도 모르라고 마을을 떠나네.

오래된 자연

꽃피는 4월의 한복판
뭉게뭉게 하얀 왕벚꽃과 분홍 꽃다발
사이 좋게 어우러진 꽃구름 동산
오래된 천연의 황홀한 벚꽃 숲을
귀여운 새들은 포르르 포르르

부드러운 꽃잎이 눈보라처럼 날리는
고운 꽃 길을 하염없이 걷는다
고마워라
지상 낙원의 향기로운 품속이여!
찌든 마음 봄 강물처럼 풀어져
자연의 위대함에 경의를 표한다

어른 아이 모두모두
신나는 동심으로 한마음
눈 오는 날 강아지같이 기뻐라
카메라 가득 봄 정취를 담는 소리
행복한 웃음 소리
흥겨운 노래 소리, 휘파람 소리
햇님처럼 화안한 봄 숲.

가을이 오기 전에

백합화 같은 고운 님도 나를 생각하는가

대책 없이 휘황한 저녁햇살
외로운 은둔자는 두 무릎 위 얼굴을 떼고
쉬지 않고 울려대는 전화 벨을 뒤로한 채
산을 오르네

연이어 울던
산비둘기, 소쩍새, 휘파람새, 뻐꾹새 뜸해지고
높은 가지 위 종달새가 즐거운 지저귐으로
생명의 빛 눈부신 초록을 노래하네

달디단 아카시아 꽃은 떨어져 쌓이고 쌓여
밟히고 부서지고 이리저리 몰리는데
철 따라 흐드러진 강렬한 밤꽃향기 어지러워라

희끄무레 떼지어 핀 밤꽃 무더기들이
알밤으로 여무는 가을이 오기 전에
지루한 제자리 걸음을 떨치리라.

《농민문학》 2007. 여름호

안식의 시간

알록달록 귀여운 꽃송이들
윤기 어린 초록 벨벳 잎새에
봄빛 깊은데
거무튀튀 키다리 아카시아나무
뒤늦은 기지개 켜네

저녁하늘에 반달 뜨니
사그락사그락 노래하던 미루나무도 고요하고
허공에는 민들레 홀씨만 어지럽구나

풋풋한 향기 넘치는 토끼풀밭에서
행운의 네 잎 클로버를 찾는다
철조망 건너 운동장에는 해지는 줄 모르고
공차기에 열중인 아이들의 함성과 밝은 웃음소리
이따금 어스름을 흔들어
마음 산란한 산새울음을 날린다

고향에 돌아온 듯 편안한 교정에 앉아
온전한 안식을 누리는 나는
억겁의 시간 저편에서
시골학교 선생님은 아니었을까?

《문예사조》 2007. 1월호

빗속에서 사진 찍다

꽃나무 오갈피나무 다년생 풀꽃들이
옹기종기 뿌리 내린 비좁은 화단에
봄빛 곱던 날
흰 백합화의 푸른 싹 살포시 고개 들었네

날이 가고 달이 바뀌는 동안
긴 가뭄에 목마르고
거친 오갈피 가지에 짓눌리네
악착같이 달라붙는 개미 떼는 더욱 싫어라
비리비리 힘없이 고개 숙인 나약함 속에
남모르는 확신 있기에
파도 같은 시달림 아랑곳없네

환희로 꽃 피울 날 반드시 있으리라

우기의 계절
하루하루 생기 돌아
장맛비에 부푼 꽃망울 터뜨리니
눈부신 자태와 향기 비할 데 없네

쉬지 않는 빗줄기는 또 다른 시련인가
백지장같이 창백한 얼굴

자줏빛 비단 꽃술 파르르 파르르 빗물에 젖네
사랑의 향내도 엷어지네

슬퍼 말아라, 천사 닮은 꽃이여
너의 고귀한 인내, 순결한 꽃잎, 행복한 향기
사진첩 속에 영원히 피어나리니.

감사하는 삶

오늘 혼자 낯선 들판에 나갔었다
봄이 가기 전에 쑥과 민들레를 캐기 위해서
날씨는 알맞게 흐려 뜨겁지 않았고
비가 한두 방울 오락가락하는 여름날씨 같은 늦은 봄날
무턱대고 나선 발걸음을 잠시 멈춘다

어떻게 할까? 어디로 갈까?
사방을 둘러보아도 접근금지 푯말이 서있는 늪지대이거나
차가 쌩쌩 달리는 먼지 덮인 길옆 아니면 공장이나 주택가
였다
한쪽은 끝없이 뻘건 흙을 드러낸 택지개발 지역이었는데
드문드문 작은 풀빛이 보일 뿐 어느 곳도 불가능해 보였다
저만큼 일하는 사람에게 소리쳐 물었다
아저씨! 어디로 가면 쑥을 캘 수 있을까요?
여기서 무슨 쑥을 뜯어요?
저 산밑에나 가봐요
까마득한 산 쪽을 가리킨다

…주님, 제 발길을 인도해 주세요…
황무지 같은 택지개발 쪽 거친 흙길을 한없이 걸어갔다
울퉁불퉁 높은 흙비탈 아래 숨어있던 넓은 초원이 나타나고
실개울 옆 풀밭은 온통 탐스러운 쑥군락지였다

군데군데 민들레꽃이 환하게 웃음짓고 있었다

긴 물웅덩이 건너 바람에 흔들리는 수많은 쑥무더기들은
더 이상 담을 곳이 없어 가지 않은 길처럼 바라만 보았다
후드득 잠시 빗방울이 굵어진다
…지금 비가 오면 어떡해요?
내가 찾아 헤맨 쑥과 민들레는 지천이었고
비도 곧 그쳤다
오월의 싱그러운 산야처럼 감사함이 충만한 하루였다.

《농민문학》 2006. 겨울호

수호천사

걱정 말아라, 내가 기도해 줄게

곤란에 처한 제 꿈속에
저를 도우려고 생시처럼 바삐 오시는 어머니,
오늘이 올 들어 최고 더운 날이라고
매스컴과 사람들이 소란스럽습니다

기절할 듯 뜨겁게 내리쬐는 볕에 앉아
뽑고 뽑아도 원수같이 돋아나 산소를 뒤덮는
잡풀뿌리와 정신 없이 씨름합니다

커다란 짐을 이거나 들고 계신
힘겨운 실루엣의 어머니
농약 중독 같은 독한 삶 앞에서도
꿈쩍도 않으시던 어머니
남겨진 어머니 찬송가 위 십자가를 보며
저는 아무 말도 할 수 없었습니다

어지럽던 소독약 냄새와 텃밭의 어린 오이 냄새
뒷동산을 훨훨 날던 밤색나비
살구꽃 피지 않는 응달말 찌그러진 집의 기억들

혹한의 섣달 그믐밤
정신을 잃도록 혼자 마신 붉은 포도주 빛 슬픔과
낡지도 않던 마음의 짐들을 벗어놓고 이제는
빛나는 새 아침을 맞고 싶습니다.

《문학공간》 2006. 9월호

향기요법

순서가 뒤바뀌어 진행되는 일들
오지 않는 소식과 해답 모를 문제
유효기간이 가까워지는 서류뭉치

애타는 혼돈의 나날들
절대자의 때를 기다린다

향기로운 풀의 기쁨
마음의 먹구름 저 멀리 흩으려나
지금은
향기요법이 필요한 시간

장미로션을 바르고
리라향 스프레이를 뿌리고
눈부신 백합꽃밭을 거닐며
희망의 소재들만 생각한다.

《문예사조》 2007. 1월호

새벽 마당놀이

높은 음 날카로운 울부짖음이
고단한 새벽을 확 깨우네
꼭두새벽에 난리 치는 무례한 자 누군가

해쓱한 안색에 발그레 술빛 오른
새파랗게 어린 여자, 자칭 유부녀
웬 남자가 같이 놀자며 앞을 막아 운다네
온 동네를 전세 낸 그녀 친구도
긴 머리를 치렁치렁
뒤질세라 고래고래 소리치네

그 옆
술 취해 쭈그려 앉은 또 다른 남자
나직하게 중얼중얼
미친 것들…

뿌연 안개 속 피로한 가로등이
미숙한 청춘놀이를 물끄러미 내려다보네.

시골 소녀의 서울 사랑

안개 너머의 뜰
옷자락에 묻어나고 손에 쥐일 만큼
뒷동산과 온 마을에 흐드러진 달빛 머금고
세상에서 제일 아름다운 살구나무 꽃 그늘아래서
철모르는 우물 안 개구리가 꿈꾸던 하늘빛 소망
샘물 같은 웃음소리는 덧없이 사라지고

두렵게 떠돌던 검은 구름 사이로 햇살 하나 비치니
촌 동네 꼬마아이 서울 유학생 1호가 되었구나
복 있도다

돌아갈 수 없는 고향
외로운 타향살이의 또 다른 시작
주님 발 아래 엎드리던 '겟세마네' 기도실
평화로운 교정에 피어난
새하얀 라일락과 주렁주렁 매달린 보랏빛 등꽃은
꽃 중독자에게는 환희였다오

아침마다 이웃 선교사 담 밖으로 흘러내린 진한 커피 향과
정원의 노란 은행잎더미에서 뛰놀던 사랑스런 꼬마들
그리고
가을 하늘을 채색하던 고궁의 화려한 단풍

바람 부는 날이면 가까운 길거리 꽃 시장을 서성이던
시골 소녀의 서울 사랑은 이미 시작되고 있었지.

갈대는 흔들려도

누구의 탓이었는지는 아직도 모른다
모든 결과는 복합적일 테니까

불합리한 평행선을 그으며
부정적인 상념들은 행복을 조롱했지만
매서운 바람결에도 갈대는 제자리를 지켰다

너를 보내신 분이 너를 지키시고 돌보시리라

머쓱한 야자수 아래 향기 뿜는 넝쿨장미가
잊혀졌던 먼 기억을 되살린다
달려왔지만 놓쳐버린 버스를 아쉬워할 때
코너를 돌아 감동으로 다가오던 또 다른 버스
그 길가에도 장미꽃이 추억처럼 피어있었다

멍하거나 숨막히는 느낌
혼미의 늪으로 이끄는 아름답고 슬픈 노래
소프라노 이네사 갈란테가 부르는
카치니의 아베마리아…아베마리아…를 듣는다
곤고한 영혼의 엉겅퀴 빛 아픔들이
별빛으로 멀어진다.

마음속 깊은 곳

아침을 기다리는 파수꾼보다
더 간절히 바라던 주의 평화
그늘진 골짜기에 떠오르는 소망의 빛
깊고 긴 어둠아 사라져라
원망과 탄식소리 잠잠하여라

고요한 침묵의 기도
오늘 너와 내가 살 기도를 찾았도다

불안과 근심의 소용돌이를 지나
갈급한 영혼 평온의 샘물가에 이르렀네
마음 밭에 우거진 잡초들 사라지네
평강의 왕 주님의 은혜로
숲의 꽃과 새들처럼 즐거우리라
반짝이는 강물처럼 평안하리라.

《짚신문학》 제9호(2007. 겨울)

석양

화려한 봄의 향연 불꽃처럼 지고
긴 여름 검푸르던 숲에는
어느덧 오색낙엽 펄럭펄럭
마른 숲길 배회하는 가을바람 소리에
이름 모를 새떼들만 황망하구나
잔디 삭은 흙 무덤가
삶의 쳇증 벗어버린 백발 억새꽃무리
붉은 놀빛에 깃털처럼 가벼워라.

《농민문학》 2007. 봄호

빼앗긴 땅

황토물 불어나는 장마철이면
마을 어귀 큰 연못가에 요란하던
맹꽁이들은 어디로 갔나
우기의 여름 밤 전설 같던
개구리 맹꽁이의 촌스런 이중창은
더 이상 들리지 않는다

거름냄새 독한 채소밭 도랑가에 숨어
작은 목소리로 우는 가엾은 개구리
박힌 돌 빼낸 굴러온 돌
폭군 무법자
황소개구리의 음산한 울음소리 가슴 떨려
돌아가지 못하는 지척의 고향
빗방울 거세지면 서러움도 깊어간다
개골개골 억울함에 목 메이고
물비린내 그윽한 큰 연못이 그리워 운다

칙칙한 버드나무 가지들 후줄근한
천연의 한증막
바람 한 점 없는 한여름 밤의 우수.

농부의 딸

내 비록 네온 빛 번쩍이는 도심 속에 살아도
흙만 조금 있으면 풀꽃이라도 심어야 직성 풀리고
아직도 고향집 밭두렁의 호박냄새 풀냄새
진동하는 깻잎냄새 콩냄새 고구마냄새 열무냄새
감자골과 황금들의 뻐꾸기 울음소리 기억한다
땡볕 아래 밀짚모자 쓴 아버지의 주름진 얼굴과
부지런한 어머니의 땀냄새가 그립다
심신이 피곤할 땐 자연 속에서 평안을 찾는
나는 농부의 딸

맛있는 가을햇볕 풍성한 옥상화단 배추밭에서
오늘도 배추벌레 잡기에 몰두한다
시퍼런 배추잎맥에 착 붙은 진초록 애벌레가
뛰어난 보호색으로 위장해도 소용없다
썩둑썩둑 숭숭 뚫린 배춧잎 상태와 배설물만 보아도
침입자가 큰 송충이인지 작은 벌레인지 새끼벌레인지
지금 먹히고 있는 진행형인지 곧 식별한다
배추벌레 도사와 끈질긴 배추벌레와의 신경전이 치열하다
꿈틀대는 벌레가 징그러워 못 만지던 두려움도 극복하고
꼭꼭 숨은 배추벌레를 발견할 때의 기쁨은 농부의 몫이다

식물인 배추 또한 당하고만 있지 않다
무서운 생존본능과 자생력으로
하루가 다르게 노오란 고갱이들이 겹겹이 자라서
빈틈없이 완강하게 잎을 다문다
지겨운 벌레와 진딧물을 차단하는 생명력이 놀랍다
틈만 나면 배추사랑에 빠진 나를 장난꾸러기가 놀린다
뭐해? 농부!

떠돌이 백구

한적한 약수터길 참나무 그늘 아래
눈빛 선한 하얀 떠돌이 개 정물처럼 앉아있네

무료한 등산객들 백구라고 이름 짓더니
너도나도 백구사랑 시작되었네
올망졸망 음식을 든 순박한 아줌마들은
비가 오나 바람 부나
백구야, 백구야!
잠시라도 보이지 않는 백구를 목청껏 부르면
어디선가 뛰어와 허기를 면한 백구는
그 여인들을 주인인 양 어슬렁거리며 따라다녔네

아군과 적군은 공존하는가
낡은 모자를 눌러쓴 비정한 남자는
백구가 다니는 길목을 핏발선 눈으로 지켜보며
떠돌이개의 자유를 위협했네

새콤쌉쌀한 검붉은 버찌를 탐하는 손길에
사정없이 머리채를 끄들린 벚나무 가지들이
산발한 채 길가에 늘어질 때
검은 곰 같은 털북숭이 개를 택한 영리한 백구는
예전처럼 숲 속 바위 곁에 앉아 있기를 거부했고

숲은 한낮에도 무섭도록 초록어둠 깊어갔네.

가을 저녁

감사함으로 머리 숙인 황금들녘 위로
살구 빛 고운 해 단아한 저녁 무렵
붉은 황토 밭이랑에서
연보랏빛 고구마를 수확하는
젊은 아낙의 손길 홀로 바쁘구나

낯선 시골길이 아득한 고향의 얼굴인데
한가로운 농촌의 태곳적 평화를 깨뜨리는
무거운 소식 들려오네
지상낙원은 어디에도 없는가
얼마를 더 참아야 하는 걸까

조국이여 영원하라
이른 아침 수평선 위로 축복처럼 떠오르는 태양
대지에 뿌리 내린 풀 한 포기마저 소중한
영원히 사랑해야 할 어머니의 영토여

논둑길 밭둑길 작은 마을 지나
지친 발걸음
터벅터벅 도시의 불빛을 향한다.

《짚신문학》 제9호(2007. 겨울)

비가 개이면

하루 이틀 쉬지 않는 봄비
헐벗은 산야에 허겁지겁 초록물 번지는데
너울너울 들장미 울타리
향긋한 꽃봉오리 연둣잎에 아롱지는 이슬은
슬픈 사랑의 눈물인가

빗방울에 지친 호수도 반짝임을 멈춘 오후
그대 향기 없는 나의 정원은 아직도 한겨울이네

쓰러질 듯 날아갈 듯
폭설 휘몰아치던 겨울
한치 앞 보이지 않고 아무도 없는
광란의 눈보라 길을 포기하고 돌아서는 순간
눈꽃모자를 쓴 반가운 동행자 다가오고
곧이어 해맑은 햇님이 정결한 산천을 감쌀 때
인내와 기다림의 지혜를 배웠노라

빗물 잦아진 말쑥한 유리창에
햇살세례 찬란하면
회색 골짜기에도 사랑의 봄이 오리라.

《문예사조》 2008. 5월호

후회

어머니 죄송해요

나는 왜 그렇게
지혜롭지 못했을까요?

기도해야 할 시간

드센 마음의 풍랑에 떠밀려
한밤중
인적 없는 공원 입구에 서있네

믿을 수 없어라
캄캄한 밤 창백한 가로등 주위마다
한아름 둥글게 안개빛 달무리 져
몽환의 무지개 테 둘렀네
넓은 세상 답답하게 좁혀져 있네
번쩍이며 달려오고 멀어지는
자동차 불빛들의 수만 갈래 흩어지는
혼란한 빛의 산란은 또 무엇인가
낯선 두려움 앞에서 눈만 깜박이네

해가 져도 아무 때나 밤낮없이
마음대로 걸어서 돌아다닐 수 있는
이 멋진 거리
오늘 여기 있어서 얼마나 감사한가

아무것도 염려하지 말자
지금 곧 집으로 돌아가 골방 문을 닫고
주님 앞에 기도할 수 있으니까.

엄마라는 이름

소리 없이 물 오르는 나목들 사이로
봄바람 상큼한 오후의 공원길
자전거를 타고 운동하는
건장한 아빠와 초등학생 딸의 모습은
한 폭의 흑백사진

아빠, 또 오르막길이야?
다정한 아빠는 왼손으로 자기 핸들을
오른손은 딸의 핸들을 같이 잡고
사이 좋게 달려가는 부녀의 뒷모습 정겹다

아빠, 아빠! 쉬지 않고 종알종알
아빠, 아빠! 끊임없이 재잘재잘

갑자기 딸의 자전거 핸들이 기우뚱거릴 때
어린 딸이 반사적으로 부르던 이름은

엄마아!

《경기 펜문학》 2008. 제6호

작은 천사들

가끔씩 손꼽아 헤아려본다
하나님이 내 인생에 보내주신
지상의 천군 천사들을

친인척을 제외하고
지금까지 확실하게 다섯 명
감사합니다. 나의 천사님들
세파를 건너는 징검다리가 되어주신
따듯하고 고마운 님들이여

선한 것을 사랑하며
남의 가슴에 못박지 않으며
고운 님들 본받아
누군가의 작은 천사되도록
내게 능력 주시기를 기도하리이다.

《문예사조》 2007. 8월호

라일락 꽃 아래서

아스라한 보랏빛 꽃잎들이
울 밖으로 한들한들
굉장해요
이 꽃 향기는 정말 대단해
빨리 와서 냄새 좀 맡아봐요

아리따운 님의 향기처럼
애잔한 라일락의 계절
말없이 대문 앞을 서성이네
시린 가슴 녹여줄
훈풍은 어디쯤 불고 있을까

달빛 젖은 라일락에 겹쳐 떠오르는
청보랏빛 자카란다 꽃
아름다운 꽃그늘 아래 가던 걸음 멈춰서면
우리의 다정한 햇살웃음 꽃물 들었지
송이송이 보랏빛 꿈 피어나는
사랑하는 마음 두고 떠나온 동네
자석에 이끌리는 쇠붙이 되어
날마다 꿈결마다
푸른 자카란다 꽃길로 달려가네.

〈문예사조〉 2007. 8월호

라벤더

사막 대도시 길모퉁이집 조그만 꽃밭
때깔도 볼품없고 산만한 꽃대가
제멋대로 이리삐쭉 저리삐쭉

화단 주인 취향을 탓하다가
꼬물꼬물 앙증맞은 풀잎의 정체를 알아채고
꿀풀의 오만한 향기에 맥없이 침몰한다

화사한 5월 연인 장미를 밀어낸
라벤더의 거부할 수 없는 매혹.

《월간문학》 2007. 1월호

고향 가는 길

내 고향 마을 양달말은 이름처럼
온종일 햇살 고운 동네였네
바람 부는 날
뒷동산 윤기 나는 솔잎들은 한들한들
낙원의 초록 향기를 집안까지 실어왔었지
그 어린 소나무들 장성해서
빽빽한 소나무숲 이루도록
솔향기 동산은 추억 속의 청량제였네
돌아갈 수 없는 그리움의 본향
언제나 바라보면서도
쉽게 다가갈 수 없었던 꿈속의 고향

이른 아침 들뜬 마음
고향 가는 버스표를 사려고 들린 편의점
묘하게 불친절한 매점 주인
좋은 아침의 기분을 산산이 부수네
아예 다음 여자손님은 가게를 뛰쳐나오며
주인남자와 심한 말로 막 싸우는 게 아닌가
멋모르는 손님들의 속을 뒤집어 놓는
사나운 심사 이해하기 어려워라
초등학교 시절 소풍가는 날마다
이상하게 새벽부터 주룩주룩 내리던

음산한 빗소리 떠올리네

차창 밖은 초여름의 열기와 기쁨 가득한데
높은 산봉우리를 헤매는 안개구름처럼
목 줄기에 걸리는 미세한 한숨 조각들
이제는 자신에게 너그러워지자…
사계절 빼어나던 풍광과
반겨줄 어버이 없어도
고향은 지친 영혼이 쉬고 싶은 종착역이리라.

《농민문학》 2007. 가을호

목마름

유년의 봄
살구나무 골 산등성이에 앉아
읍내 장에 가신 어머니를
한낮부터 기다리던 어린아이

그것이 끝 모르는 기다림의 시작이었네

막연히 기다리고 애타게 바라보는 동안
오래 앓은 기다림은
때로는 작렬하는 영혼을 진정시키고
무미한 시간들을 견디는 힘이었네

장마가 오기도 전에
때이른 풀벌레의 날갯짓은 시작되고
요란하던 금계국도 이제는 금빛 옷을 접네.

마음의 평안을 꿈꾸며

아침에 눈을 뜨면
사랑하는 이들은 멀리 있고
먼 빛으로 보이는 느낌만으로도
우울한 실루엣에 둘러싸여 낙심하네

벽시계의 분주한 붉은 초침 긴 분침에
속절없이 떠밀리는 짧은 시침
창 밖은 근심으로 흐린 눈빛처럼 침침하고
정성들인 식탁의 맛있는 냄새도 시들하다

향기로운 포도주의 자줏빛 유혹에 빠져
번뇌의 올가미를 부수리라
그리움도 잊으리라

필요한 것을 구하려고 무진 애를 쓰다
찾지 못해 끝끝내 단념한 후에
가까스로 발견한 때가 여러 번 있었다
만사는 때가 있다는 것을 알면서도
때때로 참을 수 없이 조급해진다.

폭우나 쏟아졌으면

잔뜩 흐린 날
오랜만에 들른 어물 시장을 거닐다가
어떤 장사꾼 여자가
먼저 손님이 구매를 거절한
폐기해야 할 상한 조기 꾸러미로
의심 없는 다음 손님을 배신하는 것을 보았다
변질된 굴비를 신문지로 급히 포장하며
손님에게 태연히 말했다
"집에 가면 바로 냉동실에 넣어요."
자신의 부당이득을 묵인하는 옆의 남자에게
속임수로 취한 지폐를 자랑스럽게 흔들며
그 여자는 큰 소리로 웃었다
맛있는 식탁을 기대했을 구입자는 관심 밖이었다

추우나 더우나 연중무휴
인적 드문 길목에 쭈그리고 앉아
절대 팔리지 않을 것 같은
딱 한 가지 불량사탕을 파는 할머니
오늘도 뜬눈으로 자는 듯 조으는 듯
초점 없는 눈빛이 날씨처럼 흐려있다

폭우나 쏟아졌으면 좋겠다.

위궤양

꿈이었다
기나긴 장마와 산발적인 폭우로
황토 물이 우르르 우르르
산기슭에 이어진 텃논이 망가졌다
갑자기 거센 흙탕물과 물줄기가
논둑을 마구 휩쓸어 무너뜨리고
꿈은 그 곳에서 멈췄다

돌아가신 아버지도 보였다

주위에 바위가 많고 어려워 보였지만
가까스로 남아있는 논두렁은
다시 복구할 수 있을 것 같았다

위내시경 검사를 마친 의사는
꿈속에서 보았던
쏟아진 진흙더미에 무너진 논둑처럼
여기저기 시뻘겋게 헐어버린 위벽을
컴퓨터 화면으로 점검하고 있었다.

감나무 과수원

시야가 확 트인 커다란 통유리창 너머
잎 진 가지마다 늙은 호박 빛 감들이 주렁주렁
늦가을 감나무 과수원은 황금빛 희열 찬란하도다

그린 하우스 안에는 온갖 채소들이 쏙쏙 쑥쑥
뒤뜰에는 상큼한 레몬과 탐스런 귤이 알알이 영글고
평화로운 정원에는 거대한 몸집의 개가
사자처럼 달리거나 길게 엎드려 졸고 있다

하루 가고 열흘 가고
경계의 빛 사납던 개도 외로웠는가
서릿발 같은 눈빛 봄볕처럼 풀어지더니
큰 몸 낮춰 애교스런 몸짓으로 사랑을 구한다
떨리는 손으로 등줄기를 쓰다듬으며 쌓인 믿음
먹이를 가져가면 순식간에 먹고 빈 손바닥 보여줘도
재빨리 뒤로 돌아와 부드러운 혀로 손을 핥는다
행여 다칠세라 조심하는 따스함이 느껴진다

그들만의 음악을 즐기고 자기네 모국어로 소통하던
농장의 일꾼들도 숙소로 돌아간 후
캄캄한 하늘에 손톱 달 뜨고 별빛 영롱한 시간
기다리던 사람들이 도착해서 왁자지껄

어둠 속에 남겨진 개가 이리저리 설치더니
육중한 몸을 일으켜 뒤에서 꽉 껴안는다
말없는 짐승도 사랑과 관심을 먹고 사나 보다.

치유의 아침

초겨울의 깊은 밤
얇은 커튼 사이로
신음소리, 코고는 소리, 히터소리,
찌익 찌익 힘겹게 홀더를 끌고 가는 소리가
휑한 복도에 서글픈 여운을 남긴다

빛 바랜 환자복을 허술하게 걸치고
수액주머니와 어지러이 꼬인 주사 줄 늘어뜨리고
퉁퉁 부은 얼굴로
유리창 너머 건강한 사람들의 분주한 자유를
하염없이 바라보고 서 있었다

유리창 밖 사람들의 평상복과
유리창 안 병자들의 환자복의 차이는
천국과 지옥의 차이였구나

드문드문 불 밝힌 거무스레한 건물들이
새벽 안개에 젖어있다.

사진 속 풍경

새카만 먹빛 배경
작렬하는 엉겅퀴
강렬한 자홍빛 아름다운 꽃송이도
조신한 꽃망울도 피해
꿀샘도 없는
푸른 목줄기를 물고 허공에 정지한
꿀벌의 헛된 착지

빗나간 꿈.

내 발걸음 인도하소서

비를 가득 머금은 하늘
대기는 무겁고 숲은 어두웠다
흐린 날의 우중충한 산길을
동그랗고 노오란 오리나무 낙엽들이
마치 순금 카펫을 펼쳐놓은 듯
환하게 밝혀 놓고 있었다

늦은 오후에 허둥지둥 산을 오른다
버석버석 낙엽 길을 내려오던 사람이 인사한다
아이구, 이렇게 늦게 올라오세요?
숙녀가 되어가지고 겁도 없이…

등산길의 목표지점을 돌아 귀가하는 길
음침한 길 입구에 들어설 때면
시야가 넓게 모자를 고쳐 쓰며 기도한다
주여! 이 길 무사히 통과하게 하소서
내 평생의 발걸음 인도하소서
다른 날보다 더 많은 찬송가를 부른 날 밤
갑자기 너무 아파 응급실에 가야 했다

그 길을 다시 걷게 되었을 때
굳어진 마음

얼마 동안은 찬송가를 부를 수 없었지만
뒤늦게 깨달았다
그날 밤 아파서 병원에 가지 않았다면
자신도 모르게 건강이 더 악화되었으리라

아름다운 숲길을 걸으며
영원하신 귀한 목자 주님의 은혜를 생각한다
날마다 감사의 찬송가를 부른다.

햇볕 좋은 도시

매일 아침 같은 시간
창밖 나뭇가지에 날아온 새가
찍찍 찍찍 아침을 알리면
4층 창문까지 높이 자란 이름 모를 나무는
달그락 달그락 희디흰 블라인드 틈새로
반쯤 열린 실내를 기웃거린다

작고 동글동글한 연둣빛 열매들과 하얀 꽃
무성한 잎새들이 한 나무에 어울려
온종일 바람 따라 이리흔들 저리흔들
꽃 가지 사이에서 꿀벌들이 잉잉거리는 낮 동안
높게 트인 아치형 창문으로
거실부터 부엌까지 이동하는 무진장한 햇빛이
온갖 그늘을 몰아낸다

햇볕 좋은 도시에서 누리는 작은 평안
신문이나 책을 읽고
고풍스러운 성전에 들어가 기도를 하거나
공원을 산책하고 슈퍼마켓에 간다

희미하게 물 내려가는 소리
칭얼대는 아이 울음소리

젊은 엄마의 이국 말소리도 잠잠해지고
자동차 소리도 뜸해지면
촉수 낮은 가로등이 까만 밤을 희미하게 밝힌다

희망으로 눈뜨고 덤덤하게 맞는 저녁
내일을 위해 기도한다.

《농민문학》 2008. 봄호

두 아이

엄마가 버리고 간 아이
홀아비 아빠와 사는 아이
제멋대로 성격인 고모가 돌보는 아이는
마른 풀처럼 시들시들 말이 없었다
특히 저녁 때면 언제나 우는 듯이 보였는데
그 울음소리는 신음처럼 서늘했다

아빠는 일 나가고
가게 보는 엄마 아래 뛰노는 아이
비 온 후의 새싹처럼 쑥쑥 크는 아이는
말소리가 힘차고 지혜로웠다
활기찬 친구들도 하나같이 극성맞았고
폭포수처럼 소란스러웠다.

모기

한낮에도 악착같이
방충망 틈새로 들어와
현관이나 욕실 벽에 앉았다가
문이 열리면 냉큼 날아들어
기어코 무는 집요한 흡혈귀

그 놈,
동작은 재빠르고 성질은 교활하여
어두워지기가 무섭게 기분 나쁜 소리로
에에엥 에에엥 에에엥
몸에 울퉁불퉁 두드러기를 만들며
밤새도록 치근덕거리는 저질 스토커.

다른 사람을 위한 기도

운명의 굴레든
어리석은 선택의 결과든
아끼거나 외면할 수 없는 사람들이
미망 속을 허우적대는 실망스러움에
낙담할 때가 있다

한두 가지 결정적인 실수로
수 많은 노력과 장점들이 무색해지고
삶의 웃음꽃이
한숨으로 변하는 안타까움

끝내 후회의 벼랑으로 이어지는 그 길에서
지금 발길을 돌리세요
순수로 눈물겹던
그대의 아름다운 날들을 기억하세요.

《경기 펜문학》 2008. 제6호

고맙습니다

대체로 괜찮은 옷인데
앞을 여밀 수 없어 별 쓸모 없는 겨울 옷
몇 년간 장롱 속에 걸려 있다
디자인을 바꿔 볼까?
앞에 단춧구멍을 내고 어울리는 단추를 달면
훌륭한 겨울 외투가 되리라
일부러 시간을 내서 옷 수선 전문 골목엘 갔다
드디어 발견한 '단춧구멍' 가게
아주머니, 단춧구멍 만들어 주세요
안 돼요
비용을 더 드릴께요
냉담하게, 안 돼요
이유는 단체주문 아닌 개인 손님이기 때문일 게다
언젠가 보았던 멀리 떨어진 다른 수선 골목
'예쁜 단춧구멍'
아저씨, 이 옷 단춧구멍 만들 수 있어요?
네! 뚫을 곳을 표시하세요
단 몇 분에 모양 좋게 만들어진 단춧구멍
값은 어이없도록 저렴했다
좋은 솜씨와 친절함에 감동해서
깍듯이 고개 숙여 아저씨, 고맙습니다
정말 감사합니다.

목욕하는 새

눈도 비도 오지 않는
사시사철 햇님만 쨍쨍한 산등성이
후줄근한 소나무 곁
실줄기 생명수에 목욕하는 새 한 마리 보이네
손바닥만큼 고여있는 물에
온몸으로 뒹굴며 물 한 모금 마시기를
정신 없이 반복하네

새야, 새야
이름 모를 새야
그리 애쓰지 마라
호흡 있는 것들은 본디 목마른 것이란다

한 방울 두 방울 흘러내려
달콤한 눈물처럼 반짝이던 물기마저
어느 날 흔적 없이 마르고
더 이상 보이지 않는 그 작은 새

맑은 샘물을 찾았을까?

장미 울타리

얼마나 달려 온 것일까
뒤돌아보면
희망과 낙심의 널뛰기로 가슴 졸이던
시련의 마라톤 길이었지
끝없이 희푸른 수평선처럼
아득한 상념들
꽃 피던 날의 웃음과
폭풍우 눈보라 길의 눈물이
나른한 봄날 아지랑이처럼 아른거리네

수렁과 그물과 돌부리 즐비한
문제투성이 길
혼란한 영혼이
날마다 바라던 은혜의 단비
마침내
목마른 정원을 적시는도다
나 이후부터는 평화롭고 아름다운
장미 울타리 둘린 집에서 살리라
굴곡 많던 길을 평평하게 펴주신 님께
두 손 모아 감사드리며.

《문예사조》 2008. 5월호

봄날 오후

노릇노릇 꽃망울 진 개나리 숲에
수다스런 참새 떼 시글버글
겨우내 부스스하던 무채색 들녘엔
삐죽삐죽 나풀나풀 연한 새싹들
아기자기 앙증맞은 몸부림으로
설레는 봄을 자축한다

바위 곁에 어수선한 나목들 틈새
영원한 유년의 빛깔로
철 따라 무리진 진달래꽃
하늘하늘 찬 바람을 맞고 있다
연분홍빛 꽃잎, 붉은 꽃술마다
서러운 어린 꿈이 물들고
무명옷 입은 엄마냄새 나는 꽃
소박한 옛 향기 변함없구나

언덕 위 그 늙은 나무 그 가지에
그 산비둘기
여전히 마음 어지럽히고.

내 편

밤낮으로 기다리던 좋은 소식이 왔는데
제일 많이 축하하고 기뻐해 줄 사람
내 곁에 없네
간절한 기도로 도와주던 사람도 보이지 않네
애지중지 내 편이던 그리운 얼굴들…
허한 가슴에 사랑의 온기로 남아있네

기쁨을 같이 나눌 수 없는 사람
어쩌다가 있는 사실 그대로 얘기해도
자랑한다고 말하는 사람이 어찌 내 편이랴
보고 싶어 오랫동안 찾았다고 하면서도
거리가 느껴지는 사람도 내 편은 아니다

등산길에 만나는 아저씨와 진돗개가 지나간다
아저씨는 지극정성 진돗개를 돌보고
눈부시게 멋진 진돗개는 주인에게 순종한다
둘은 언제나 평화롭고 조용하다
변덕스러움이 전혀 없다
서로 온전한 자기 편이라는 편안함이 보인다.

울증의 계절

향내 짙은 보랏빛 꽃밭에서
화려하게 춤추는 호랑나비
길쭉한 꽃대에 자잘하게 품은 꿀 샘을
차례대로 정확하게 겨냥하는
꿀벌의 예리한 날갯짓에 감탄한다

회색 콘크리트 도시의 우울
일상의 굴레가 싫증나고
고요한 전원의 신선한 아침이 그리울 때면
잠잠히 서성거리거나 넋없이 바라보던
나의 작은 쉼터 배초향 꽃밭

바람처럼 달려가서
얼어 붙는
죽도록 머뭇거리는 가엾은 사랑처럼
왠지 슬픈 냄새 나는 꽃
지독한 울증의 계절
마음 바다의 쉬임없는 거품을 잠재우던 꽃
떨어져 구르는 마른 잎마저 향기로워
잃어버린 사랑처럼 애틋한 꽃.

과로

일상을 벗어난 유월의 어느 목요일
세계적 명작이라는
공감도 이해도 할 수 없는 굴곡된 애정소설을
부지런한 새들이 아침인사할 때까기 읽은 후
남은 것은 지독한 권태였다

금요일은 아침부터 밤중까지
바다와 파란하늘 뭉게구름밭 사이를 지나서
천둥번개 빗속 어둠을 가르며 고공비행을 했고

다음날 토요일은 밀린 일로 만 하루를 지샜다
귀국길 옆좌석의 번거롭던 이상한 가족과
타국 여자의 친절한 웃음과
지친 내 앞자리를 재빨리 차지하던 남자며
진지한 중년 여승무원을 떠올리기도 하면서…

압박과 긴장에도 잘 견디던 맘과 몸이
드디어 경고음을 보냈다.

합격의 꿈

어둡고 험한 산꼭대기였다
전혀 알 수 없는 곳이었고
내려 갈 방법도 없어서
두려운 느낌으로 서 있었는데
자신도 모르게 눈 깜짝할 사이
무언가를 타고 위험을 느낄 겨를도 없이
가파른 산골짜기 선처럼 비좁은 틈새를
쏜살같이 내려와 일사천리로
공항 보안 검색대 같은 구역을 통과해
넓은 대로 옆 가로수 길로 나왔다.

너는 오리라 · 2

비 개인 아침
너는 오리라

외진 길가 분홍 아카시아 홀로 시드는 한낮
안젤리카 장미향에 얼빠져버린 오후
거실구석 철모르는 귀뚜라미 한 마리가
온통 마음 헝클어 놓는 밤이거나
잣나무 골짜기에 목화송이 눈꽃이 푹푹 쌓이는 새벽
너는 오리라

조금 이르거나
아주 많이 늦을지라도
너는 길 떠나리라
숨차도록
단숨에 달려오리라

내게
너는 오리라.

세월

시간이 모든 것을 해결한다지만
계획했던 일이나 소망들이 미결인 채
달력을 넘기는 일이 싫어서
날짜가 지난 달력을 그대로 둘 때도 있었다

꽃이 지는 것이 두렵다
미친 듯이 퍼붓던 꽃보라도 뚝 그치고
곧이어 숨막히던 녹음방초도 대지로 돌아간다
날쌘 청솔모가 푸른 꽃잎 같은 풋도토리 가지로
숲길을 도배하면 가슴이 철렁한다
여름이 끝났다는 신호요
아름다운 가을은 또 얼마나 속히 가는가
시장에는 파란 풋사과가 나오고
높고 차가운 달빛… 벌써 추석이다
어느 산간 지방에는 첫얼음이 얼었다거나
수능시험 소식이 뉴스를 장식한다
반짝이는 성탄 트리가 상념의 불을 지피고
홍청대는 망년회의 술잔 부딪치는 소리
떠들썩한 웃음소리
괴로움도 기쁨도 엉키고 휘돌며
세월의 바다로 떠내려간다
우물쭈물 나이테를 한 바퀴 더 돌리고

사랑하는 이들에게 마음껏 새해 복을 빌어준다
날마다 떠오르는 태양이지만
정월 초하룻날 해돋이가 여느 날보다
더욱 감격스럽고 장엄하게 느껴짐은
저마다의 가슴 속에
새로운 꿈과 큰 염원을 품고 있기 때문이다.

아름다운 자연의 은혜

맑게 개인 햇볕 따가운 날
바람 부는 높은 산등성이에 앉아서
시원한 바람과 짙푸른 나뭇잎들의
현란한 아우성을 넋 잃고 바라본다
대부분 안개에 가려있는 먼 산들이 오늘따라
암녹색의 수려한 능선과 굴곡진 계곡이 선명하다
굽이치는 강줄기도 푸르름이 깊다

살아있는 초록빛의 아름다움
햇빛과 바람과 맑은 공기의 고마움
꽃과 새들은 얼마나 어여쁘고 명랑한가
평안과 결실과 생명의 환희로 빛나는
창조주가 거저 베푸신 대자연의 은혜에 감격하니
흐리고 번거롭던 걱정 거리 작아지고 멀어진다
인내와 침묵의 지혜를 배우리라
시들은 마음 활력으로 재충전되고
불평이 변하여 감사가 넘친다

목표를 향해 주야로 달려가는
저 푸르고 도도한 강물처럼 쉬지 않고 흘러
큰 바다 드넓은 세상에 이르리.

《농민문학》 2008. 여름호

74

더위 먹다

숱한 발자국에 돌처럼 다져진 산 길
마른 흙먼지 풀썩풀썩
잡풀도 지쳐 누운 불볕 더위 길을
후줄근한 등산객들 가끔 오가고
자전거도 위태롭게 털털거리며 지나간다

가는 건지 멈춘 건지 메마른 길 위에
검붉고 통통한 지렁이 한 마리 머뭇댄다
보통 때는 무조건 피해 갔을 지렁이다
길 옆 그늘 안전한 풀 숲에 놓아 줄까?
잠시 망설이다 큰 용기를 내어
길고 마른 나뭇가지로 지렁이를 들어 올린다
움직임이 거의 없던 음침한 지렁이
성깔 사납게 펄떡이다가
딱딱한 땅에 뚝 떨어져 몸부림친다
소름이 쫙 돋는다

때 맞춰 시원하게 몰려 온 바람
파란 풀빛과 어울어진 화려한 금계국 꽃 바다에
눈 시린 환상의 금빛 파도를 일으키며 사라진다.

편지

오늘 이런 편지를 받았다
사랑하는 그대여
언제나 행복하기를 바랍니다
그대가 행복해 보이지 않으면
알 수 없는 화가 납니다.

작은 고마움에도 늘 감사한다
하찮은 아름다움에도 쉽게 감동하며
많은 은혜 속에 머물고 있지만
행복 체감 온도는 미지근하고
생체 전기 자율 반응검사도 우울반응이다

하늘 높이 반짝이며 멀어지는 은빛 날개의
거침없는 자유를 부러운 듯 쳐다본다
푸른 바다 위를 날개 치며 날아가고 싶다
멍에 묶인 지친 새에게
희락이 주는 행복의 약효는 별로 길지 않다
갈증은 좀처럼 해갈되지 않는다

머지 않아 참된 행복의 샘물을 찾으리라
지독한 등산 중독자가 되어
메마른 시간을 묵묵히 견디고 있다.

가벼워지기 · 3

봄 언덕의 새파란 찔레순처럼
풋풋한 동심의 계절
멋 모르고 마주친 슬픔의 형상들
무방비 여린 영혼 피 멍들어
근심과 두려움의 거미줄에 걸렸네
평생을 빛나게 하는 힘이 될
어린 날의 복된 기억들이 진쳐야 할 자리에
흐르지 못하고 고여 있는 어둠
죽지 않는 해충처럼 행복을 갉아 먹고
심령을 억압하네
우울증이라는 옭매듭 질기고 무거워라

사랑의 주님 피할 길을 주셨건만
감사함으로 순종하지 못하는도다
악하고 게으른 종이 되어 변명만 급급하네
눈부신 햇님 손에 잡혀서도
그늘진 달님만 되돌아 보는 야속함이여

예서 저기서 사람들이 권면하네
걱정하지 말고 감사하라
기도하라
전능왕께 다 맡겨라.

천둥 소리

바람 한 점 없다
천방지축 산새들도 조용하고
목청 높던 풀벌레도 음량을 낮췄다
조금씩 느릿느릿
열기와 습기와 바람의 작용으로
푹신한 흙이 되어가는
해묵은 낙엽 골짜기
한낮에도 어두컴컴
숱 많은 떡갈나무 잎들이 햇빛 가린 길
부지런히 아람 벌은 도토리가
툭 투둑
천둥 소리를 낸다
울울한 가슴 주눅 들다.

《한국현대시》 2008. 하반기. 제4호

촌스런 선물

물 좋고 공기 맑은
산골에서 자란 노란 열매 하얀 뿌리
좋은 냄새 솔솔 나는 말린 나물
올망졸망 선별한 토종 먹거리들을
절절한 사랑으로 버무려
네모난 상자에 꼭꼭 눌러 채웁니다

갓 피어난 장미처럼 화려한 님에게
웃음이 나도록 시골스럽지만
정성과 고향 냄새 향긋한 선물 꾸러미를
빠른 우편으로 부칩니다

소포를 부치고 돌아 오는 길
백화점 앞 벅적대는 인파 너머로
오늘도 놓쳐버린 버스가 재빨리 지나갑니다
보이지 않을 때까지 우두커니 바라봅니다.

《농민문학》 2008. 가을호

떠나야 할 때

오랫동안 익숙해진 길이
나날이 낯설어 가는구나
사시사철 사랑의 꽃
웃음꽃 만발하던 낙원의 날들이여!
무심히 흘려 보낸 아름다운 날들은
안개 빛 시간의 저편에서
기쁨과 슬픔의 강물처럼 반짝인다

길가 시멘트 주차장 귀퉁이에
어렵사리 피어난 하얀 개망초가
아침부터 청소하는 억센 아줌마 손에
사정없이 뽑혀 쓰레기통에 처박히고
행인들의 인기척도 아랑곳없는
비둘기 세 마리가 꽁지깃을 사납게 펴며
작고 말라빠진 빵 조각을 놓고
정신없이 다투고 있다

꽃도 지고 사랑도 저문 허전한 거리
천근 같은 발걸음마다 외로움만 깊어간다.

견우 직녀의 꿈 · 2

나그네는 말없이
여전히 돌고 있는 쳇바퀴에
무거운 발길을 내딛네

그 바퀴 돌고 돌다
제 풀에 지쳐 멈출 때가 있겠지

무덤덤한 안개 속
슬픔과 희망의 아침
마주보는 눈빛마다 물기 어리네.

첫눈 오던 날

희망의 꽃잎들이
실망의 눈송이가 되어
첫눈으로 흩날리는 아침나절
뚜렷한 이유없이 자지러지는 기침과
답답해진 호흡도 아랑곳없이
섬찟하게 차가운 눈발을 맞으며
푸르름이 떠나간 화단을 정리한다

한 장 남은 달력 중간쯤
어느 한 숫자에 굵게 겹친 동그라미의
부담감이 확대된다
뜨거운 허브차를 한 모금 삼킨다

얼마나 노력하고 수고했는가
헛되이 겨울이 오고.

겨울 풍경화

꿋꿋하고 우아한 골격의 겨울나무
높디 높은 가지 끝에 절묘하게 앉아
집단 명상에 빠진 까치들
푸른 소나무 구름 숲을 넘어가는
온화한 저녁 해를 향해 있다
흰구름 한 송이 흘러간다

한 폭의 애잔한 풍경화를
마음 판에 새기다가
손가락으로 만든 네모난 카메라에 담는다

쓸데없이 무거웠어……
황홀하고 처연한 일몰에 동화된다.

꿈이 이루어지다

불가능한 꿈 같던
오랜 소원
현실로 이뤄지네
태풍도 그치고
번민의 울타리를 둘러치던
가시나무들 보이지 않네.

비애

빛바랜 잔디밭에 웅성이던 산까치 떼
미미한 인기척에 일제히 하늘로 솟구치고
숭숭 뚫린 가지 위 음산한 까마귀 울음 소리에
마음 뒤숭숭해지는 초겨울
기세당당 찬 바람에
빗방울 던지듯 뚝뚝 지는 낙엽

목이 메인다

창백한 낮달이 뜬 높은 산
근심 잊은 동네 한 복판에 서서
안개 베일 속 소란스런 도시를 내려다 본다

하기 싫어도 해야 하는 일이 있고
가기 싫어도 가야 하는 길이 있다.

고추 말리기

올여름 장마는 끝났다
당분간 맑은 날씨에
무더위가 기승을 부릴 것이다
오늘 먼 남쪽 해안에는 작은 파도가 일겠다

일기예보가 지루한 장마의 끝을 알리고
어둡게 낮아 있던 하늘은 훤하게 개였다
누군가의 좋은 고춧가루 부탁도 있었다
물고추를 여러 상자 잔뜩 사왔다

얼마 후면
넓은 옥상 바닥 가득
검붉게 윤기 나는 마른 고추가 달가닥거리겠지

기상 예보와는 다르게
빗줄기는 그 후로도 한달 이상 오락가락했다
고추를 말리려는 온갖 수고는
헛되고 무익했다

장마가 완전히 개인 후
시골 아저씨가
궂은 날씨에 고추 말리는 법을 가르쳐 주셨다.

줄서기

푹신한 겉옷이 땀에 젖도록
숨가쁘게 달려와
빙글빙글 구불구불한 줄 끝에 멈춘다

질리도록 긴 줄
마감시간에 쫓기는 급한 줄
간단하게 짧거나 마냥 느긋한 줄

줄서기 선수처럼
이곳 저곳 번갈아 서다 보니
먼 산 위에 펼쳐진 하늘가에
희미한 노을빛 어렸구나.

그 사람

참 대단해
어떻게 그렇게 그 사람에 대해
단 한 마디 흉도 안 보고 불평도 안 하지?
그녀가 참았던 물음표를 던졌다

옳고 선하다고 믿는 길에서
밤낮으로 수고하는 자를 어찌 탓하리오
허물과 흠 없는 자 누구인가

때때로 앞에서는 불같이 성내고
돌아서서 어이없는 폭소 터뜨리며
외로움을 느낄 때가 있기는 했다오

어떤 환경에서도
일관되게 성실하고 착한 심성
그 많은 고생과 뜨거운 눈물
보았고 알고 있는데
그 사람을 쉽게 원망할 수 있나요?

부모님 산소

우리 부모님 묘소는
선산 텃밭과 복숭아 과수원 사이에 있다
책임감 별무이신 아버지 대신
막심한 고생짐 지고 평생을 헌신하신 어머니
가끔 두 분의 산소를 찾아간다
어머니 산소는 잠시만 안 돌보면 거친 잡초밭이 되고
옆에서는 찔레가시 밤송이 가시가 무성하게 번져온다

이상한 일은
같은 장소 바로 곁에 있는 아버지의 금잔디 산소는
노오란 양지꽃이 화사하고
진보라빛 제비꽃이 실바람에 한들거린다.

두더지 사냥

누렁이와 바둑이는
친척집에서 기르는 개 이름이다
누렁이는 주책없이 덜렁대는 장난꾸러기고
바둑이는 침착하고 냉정하다
손님과는 일정한 거리를 유지한다
밤마다 휑한 마당 가운데 앉아서
작은 기척도 끝까지 용납하지 않는
책임강한 파숫꾼은 언제나 바둑이다

손님인 내가 가끔 앞산으로 산책을 나설 때면
누렁이와 바둑이는 벌써 저만큼 앞장을 선다
풀숲의 행복한 두더지 사냥을 생각하는지
기쁘게 꼬리를 살랑살랑 흔들며
집주인 대신 선뜻 길잡이를 자청한다

하늘은 유난히 푸르고 바람도 맑다
깨끗한 길가에 핀 아기자기한 야생화들이
오늘따라 더욱 사랑스럽고 고와 보인다.

소망

지루한 우기는 언제쯤 걷히려나
날아가는 시간 잡을 수 없어
흐린 사거리에 망설이며 서있네

번잡함이 싫어라
은둔의 골방에서 수렁 같은 무기력과
근원 모를 상처가 깊다 해도
슬픈 노래는 부르지 말자

이제 곧
빛나는 아침은 어김없이 밝아오고
귀여운 작은 새는 건강한 생존을 위해
손톱만한 부리로 푸른 애벌레를 물고
날개 펴 오르리니.

《농민문학》 2008. 겨울호

수수께끼

벤자민 잎사귀 무성한 창가에
먹물빛 커튼 드리우네
잠자듯 꿈꾸듯 누워있는
현실과 비현실 사이
어디선가 스멀스멀 밀려와
푸른 물안개처럼 하늘거리는 슬픈 향기
커다란 풀잎에 뭉쳐있는 이슬 방울이거나
상상 속 에테르 같은 신비스러운 물체이거나

천천히 아주 낮게
감싸듯 주위를 맴돌다 사라지네.

순전한 사랑

오만가지 인간들이 만든
붉고 푸른 마음의 생채기들을
단 하나의
순전한 사랑이 치유한다.

잎푸른 나무

며칠 간의 고국 방문도 끝나고
떠나야 할 시간이다
공항버스는 이미 출발 시동이 걸렸다
연로하신 이모가 쓸쓸한 모습으로 홀로
버스 정류장 구석에서 손을 흔들고 계신다
간절한 몸짓과 눈빛이
살아생전 내 어머니의 얼굴이고
나를 진심으로 아끼던 이들의 눈빛이다
부모를 일찍 잃고 내 어머니와 단 두 형제뿐이었던 이모
내 어머니였던 그의 언니마저 떠난 지금
노년의 외로움을 느끼는 이모에게
친정 조카딸인 나의 존재는
그녀의 그리운 언니이고 어머니인지도 모르겠다

나는 내 언니 보듯 너를 본다
맛있는 것도 못해주고……
부모도 자식을 대접해야 하는 거여
꼬깃꼬깃한 지폐 몇 장을 강제로 손에 쥐어 주신다
잘 살어! 건강하게
이모두 건강하세요

마르지 않는 사랑의 원천들이
튼튼한 잎맥처럼 우리를 둘러싸고 있기에
폭풍 속에서도 우리는 끄떡없이
가지 푸른 나무로 서 있는 것이다.

붕어도 잉어도 아닌

붕어는 붕어끼리
잉어는 잉어끼리
큰 강이며 풍성한 바다가 무슨 소용이랴
끼리끼리 닮은 꼴끼리 비좁게 몰려있네

조금은 그리운 것일까
떠나 온 개울을 가끔씩 생각하네

사랑의 샘물은 변함없는데
감사와 행복의 마음 문 녹슬어
아직도 뒤척이네.

귀향

날마다 어김없이 뜨겁고 눈부신 태양이 뜬다
캘리포니아 햇볕에 속절없이 그을린 피부가
스스로도 낯설다

지나간 후에야 고마움을 아는가
사계절이 아름다운 고향에서는
비 오는 날이 무조건 싫었다
긴 우기는 고역이었다
언제부턴가 그 빗방울과 물소리가 생각나면
인공 폭포 주위를 서성이는 버릇이 생겼다

꿈결처럼 찾아간 고향의 품은
장마철이 한창이었다
더위 먹은 초목이 단비에 춤추듯
억수같이 퍼붓는 비바람을 맞으며
알 수 없는 편안함을 느꼈다

다음 날 외출에서 돌아오니
인정 많은 숙소 주인은
빗물로 질퍽이는 운동화를
보송보송하게 말려 놓았다.

로즈마리 언덕

땡볕에 이골난 선인장 무리는
양껏 빨아 올린 물기로 오동통 살이 오르고
불긋불긋 사납던 엉겅퀴 꽃송이들은
하얗게 머리가 세어버렸다

빛바랜 보따리를 가까스로 내려놓고
나그네는 담담히
흙먼지 풀썩이는 은빛 모래 흙길을 거닌다
분주한 도시에 둘러싸인 산골의 한가로움이 눈부시다

오랫동안 길들여진 곳
쌓여있는 쳇증이 삭혀지고 위로받던
옛언덕을 오늘도 생각한다
창백한 안식의 시간들이
영원한 분홍빛 그리움으로 펄럭인다

시야 가득 우거진 야생의 로즈마리 숲이
애련의 향기를 토하는 오후
투명한 포물선을 그리며 솟구치는 물줄기에 목 축이며
나그네는 새로운 기쁨을 찾아갈 것이다.

정양숙의 시를 말한다

정양숙의 시 〈바위고개〉는 삶의 애환과 추억의 정서감각이 잘 승화된 작품이다. 〈배초향〉은 사물을 직설적으로 표현하는 통찰력이 예리해 보인다.

〈푸른 나뭇잎을 보고〉 또한 사물의 사실적 표현기교가 돋보인다.

김창직 (시인, 문예사조 회장), 오동춘 (시조 시인)

~•~ ~•~ ~•~ ~•~ ~•~ ~•~•~•~ ~•~•~•~

시집 《그림자 된 그리움》에서

정양숙의 시는 현실의 칼칼한 목청보다는 이상적인 높이를 지향하는 건강성이 있고, 자연의 본원적인 곳에 생명의 시원始原을 저장하면서 시심詩心을 자극한다. 이는 꽃이나 강, 혹은 산의 이미지가 부드러운 무드로 다가올 때, 잃었던 고향의 정서가 되살아 오면서 친근미를 유발한다. 이는 시인의 품성을 나타내는 복합적인 작용물이 시로 얼굴을 바꾸었음을 뜻한다.

그리움은 정 시인의 시에 가장 빈도 높은 의식의 일단이면서 정신의 응축을 보이는 부분으로 감각적이기보다는 유연한 이미지로 포장되었기 때문에 동일성의 이미지로 환치換置되면서 시인의 의식과 평행을 이루는 기쁨의 작용을 한다. 결국 정양숙의 시는 자연정서를 기반으로 유연하고 다감한 마음을 대상에 호소하는 그리움과 순수의 시인으로 정리된다.

채수영 (문학평론가)

~·~ ~·~ ~·~ ~·~ ~·~ ~·~ ~·~

　정양숙 시인의 〈방황〉은 주제를 마무리하는 탁월한 재치가 번뜩이며 애잔한 서정의 흐름을 귀납시키는 수법이 일품이었습니다. 〈찔레꽃 향기〉에서도 〈방황〉과 같이 향토적 흐름을 마무리 짓는 수준 높은 수법을 보이고 있습니다. 이러한 서정의 흐름은 상당한 기간 동안 갈고 닦은 것으로 여겨졌습니다.

박재릉 (시인, 한국현대시인협회 전 회장)

~·~ ~·~ ~·~ ~·~ ~·~ ~·~ ~·~

시집 《단비를 기다리다》에서

　시인의 작품 〈삶의 빛깔〉에서는 물에서 낚아 올리는 고등어의 급한 성질에서부터 추락하는 허약한 영혼 속에서 그래도 삶은 아름답다라고 의식하는 인식의 차원은 정양숙 시인의 강한 이미저리이다. 그래서 시인의 삶의 방법은 허약하지 않으며 나약하지도 않다.

오늘날 시는 다양한 사물로 많은 것을 보여준다. 정양숙 시인의 시의 향기는 무척 가벼워지기 때문에 언제나 찔레꽃 향기 가득하고, 삶의 빛깔을 뿌려주며 단비를 기다리는 사람들에게로 향할 것이다.

조병무 (문학평론가)

~•~ ~•~ ~•~ ~•~ ~•~ ~•~ ~•~ ~•~ ~

〈제9회 한국 크리스챤 문학상〉 심사평에서

시부문 대상으로 정양숙 시인의 〈백세의 고독〉을 선정한다. 시집 《단비를 기다리다》는 눈에 담긴 사물을 곧바로 채집해서 언어로 펼치는 기술이 능한 시인임을 감지케 한다. 일상의 삶에서 보고 느끼는 여린 심성이 투명하게 그려져 있다.

수상작은 시인의 사유가 내재성에서 외재성으로 바뀌면서 타인에 대한 따뜻한 인간애와 풍광 속의 견고하고 건강한 감성이 투명하게 잘 짜여져 있다.

김규동 (시인), 배명식 (시인), 임종권 (시인)

그림자 된 그리움

정양숙 제1시집

정양숙의 시는 현실의 칼칼한 목청보다는 이상적인 높이를 지향하는 건강성이 있고, 자연의 본원적인 곳에 생명의 시원을 저장하면서 시심을 자극한다. 그리고 꽃이나 강 혹은 산의 이미지가 부드러운 무드로 다가올 때, 잃었던 고향의 정서가 되살아 오면서 친근미를 유발한다. 이는 시인의 품성을 나타내는 복합적인 작용물이 시로 얼굴을 바꾸었음을 뜻한다.

그리움은 정 시인의 시에 가장 빈도 높은 의식의 일단이면서 정신의 응축을 보이는 부분으로 감각적이기보다는 유연한 이미지로 포장되었기 때문에 동일성의 이미지로 환치되면서 시인의 의식과 평행을 이루는 기쁨의 작용을 한다. 결국 정양숙의 시는 자연정서를 기반으로 유연하고 다감한 마음을 대상에 호소하는 그리움과 순수의 시인으로 정리된다.

－채수영(문학평론가)

새미 | 120쪽 | 6,000원

단비를 기다리다

정양숙 제2시집

시인의 작품 〈삶의 빛깔〉에서는 물에서 낚아 올리는 고등어의 급한 성질에서부터 추락하는 허약한 영혼 속에서 그래도 삶은 아름답다 라고 의식하는 인식의 차원은 정양숙 시인의 강한 이미저리이다. 그래서 시인의 삶의 방법은 허약하지 않으며 나약하지도 않다.

오늘날 시는 다양한 사물로 많은 것을 보여준다. 정양숙의 시의 향기는 무척 가벼워지기 때문에 언제나 찔레꽃 향기 가득하고, 삶의 빛깔을 뿌려주며 단비를 기다리는 사람들에게로 향할 것이다.

–조병무 (문학평론가)

미래문화사 | 124쪽 | 6,000원